布谷鸟
长江文艺童书

秘密王国系列

③ 云朵岛

长江出版传媒　长江文艺出版社

图书在版编目（ＣＩＰ）数据

云朵岛 /（美）罗西·班克斯著；王一凡译. -- 武汉：
长江文艺出版社，2015.10
（秘密王国系列）
ISBN 978-7-5354-8273-0

Ⅰ. ①云… Ⅱ. ①罗… ②王… Ⅲ. ①童话－美国－
现代 Ⅳ. ①I712.88

中国版本图书馆 CIP 数据核字(2015)第 192455 号

责任编辑：彭秋实　杨　岚　钱梦洁　　　　责任校对：陈　琪
责任印制：左　怡　刘　星

出版：长江出版传媒　　长江文艺出版社

地址：武汉市雄楚大街 268 号　　　邮编：430070
发行：长江文艺出版社
电话：027—87679360
http://www.cjlap.com
印刷：武汉市新华印刷有限责任公司

开本：850 毫米×1280 毫米　　　1/32　　　印张：3.75
版次：2015 年 10 月第 1 版　　　　2015 年 10 月第 1 次印刷
字数：29 千字

定价：15.00 元

目 录

来自秘密王国的消息

"要是没这么多家庭作业，就好了，"艾丽叹了一口气，她正和她的朋友们一起从学校走路回家，"我还要写一篇作文来交语文作业，根本都不知道该怎么开头哇！"

"去我家一起写作业吧，"茉莉建议，"我们可以一边听歌一边写，还能相互帮帮忙。"

"好主意，"莎莫同意茉莉的提议，她挽

1

起茉莉和艾丽的胳膊，"和好朋友在一起，写作业也开心了。"

"我可不觉得，"艾丽咧开嘴笑了，绿色的眼睛忽闪忽闪的，"不过，总算是比一个人写好。"

她们说笑着，走到了茉莉家，三个人都

进了厨房。

厨房桌子上放着一大包巧克力饼干和一张字条。茉莉拿起字条，大声地念起来：

茉莉，我知道你肯定是和艾丽、莎莫一起回来的，这些饼干是给你们大家一起吃的！冰箱里还有榨好的柠檬汁。我五点回来。妈妈。

"你妈妈真是太好啦！"莎莫说。

茉莉笑着说："她怎么会知道你们也来了呢？"

"是呀，她怎么会知道我们总是一天到晚在一起的呢？"艾丽开了个玩笑。

　　莎莫咯咯地笑了。莎莫、茉莉和艾丽都住在一个叫做蜜糖村的小村庄里，念同一所学校。她们从小就是最好的朋友，经常在对方家里玩，感觉就像在自己家一样！

　　茉莉打开冰箱，拿出一大壶柠檬汁，莎莫找来三个玻璃杯和一个碟子。

　　"我们先去把作业写完，"茉莉把所有的东西都放在一个托盘上，朝楼上走去，"写完了，就能好好去玩啦。"

　　"喂，你把魔法盒放在梳妆台上了呀！"她们一走进茉莉的卧室，艾丽就大声说。卧室很小，但装饰得非常漂亮。墙壁是鲜艳的粉红色，床上还挂着红色的帷帐。

　　"对啊，要是有什么秘密王国的消息，

我可不想错过！"茉莉说。

　　她们都看着这个漂亮的木盒。木盒盒身上刻着精致的图案，有仙女和独角兽。盒盖上是一面小镜子，周围镶着六颗绿宝石。它

看上去像个首饰盒，但它可比首饰盒厉害多了。

"上一次，我负责保管它的时候，睡觉都把它放在枕头底下呢！"艾丽笑着说。

三个女孩是在一次学校的义卖会上发现这个魔法盒的。它神秘地出现在她们面前。而它的主人正是秘密王国的统治者——快乐国王。

秘密王国是一个神奇的世界，除了茉莉、莎莫和艾丽之外，没有人知道它的存在！它是一个漂亮的小岛，形状像轮弯弯的月亮，在那里，人鱼、独角兽、小仙女和小精灵们都快乐地生活在一起。

可是，秘密王国目前却面临着一个大麻

云朵岛

烦：快乐国王的姐姐邪恶女王是个可怕的女人，由于秘密王国的臣民们选了快乐国王而没有选她当统治者，所以她非常生气，她在全国埋了六道可怕的雷电，准备制造各种灾难。莎莫、茉莉和艾丽已经找到了其中两

道，打破了它们的诅咒。

"真希望现在就能再去历险呀。"艾丽叹了一口气。

"我也希望。"茉莉表示赞同，她从自己的帆布书包里拿出书本，摊开摆在地毯上。然后，她又把自己长长的黑头发别到耳朵后面。"快点儿，赶紧写作业吧。"她一边说，一边伸手拿了一块巧克力饼干。

艾丽也把英语课本拿出来，咬着铅笔，开动了脑筋。她看着房间的四周，想找到一个写作文的好点子，突然，她看到了什么。"我想我们是写不成作业啦，"她开心地喊，"魔法盒在发光呢!"

三个女孩都跳起来。她们围在魔法盒周

围，惊讶地看着盒盖的镜子里出现了一个又一个的字。

"不知道邪恶女王这次又在搞什么鬼。"茉莉说。她一想到可怕的邪恶女王，还有她打算让秘密王国里每个人都不好过的阴谋，不由得打了个冷战。

"我们只有猜出谜语，才能知道。"莎莫研究起了镜子里的字。她大声地念了出来：

在远离地面的高空中，

将会找到第三道雷电。

一个白茫茫、软绵绵、飘浮着的地方，

需要你们都去帮忙！

趁着镜子里的字还没有消失，茉莉赶紧把谜语抄了下来。"这是什么意思?"她问。艾丽看上去也有点儿迷糊："'飘浮着的地方'应该是一个小岛吧。"

云朵岛

"看看地图，"茉莉说，"说不定能找到。"

魔法盒仿佛是听懂了她们的话，竟然自动打开了，露出了里面的六个小木格。只有两个小格装了东西，第一格里装的是秘密王国的地图，这是她们第一次去历险时，快乐国王送给她们的；另一格里装的是独角兽送的小银角。它虽然小，但有着很大的魔力——无论是谁，只要拿着它，就能够跟动物说话！

莎莫把地图小心地拿出来，又轻轻地铺在茉莉家的地板上。三个女孩坐成一圈，把头凑在一起，兴奋地看着地图。人鱼礁旁边，有几个小岛，闪亮海滩的海岸边还有更

多的小岛。在这幅魔法地图上，蓝蓝的海水上下起伏，所有的小岛也都在变换着位置，但是没有一个岛是白茫茫、软绵绵的。

"怎么不在这里！"莎莫着急了。

"应该就在这里呀！"艾丽大声说，"我们必须先猜出这个谜语，才能回到秘密王国，回到秘密王国了，才能找到雷电，不让它造成可怕的后果！"

茉莉站起来，开始在房间中央走过来，又走过去，脸上挂着担忧的表情。

"我们再看看谜语吧，"莎莫建议道，"我们一定是漏掉了什么。'一个白茫茫、软绵绵、飘浮着的地方……'唉，怎么就没有一个小岛是白茫茫、软绵绵的呢？"

"'在远离地面的高空中……'"茉莉自言自语地念叨着。她低头看了一眼地图，突然笑了。莎莫和艾丽还在看着地图的最下边，在蓝蓝的大海里四处寻找。可茉莉已经明白了。"我们不应该在海里找，"她大喊，"我们应该在天空中找！"

　　"对呀，"艾丽笑着说，"什么东西是白茫茫、软绵绵，还飘浮着的呢?"

　　"当然是云啦!"莎莫开心地回答。

　　"这里就有一个云朵岛，"艾丽指着地图最上方一大片软绵绵的白云说，"一定就是这里啦。我们赶紧把翠西召唤来吧!"

　　女孩们把手放在魔法盒上，手指紧紧地按着盒盖上漂亮的绿宝石。

　　"答案就是云朵岛。"茉莉小声说。

　　一道亮光闪过，接着，是一声尖叫。小仙女翠西出现了，可是她却被缠在了茉莉床上的帷帐里!

　　"别乱动!"茉莉大声喊。翠西不停地挣扎，想要挣脱出来，结果却被越缠越紧。

"我也不想乱动呀!"翠西急得直嚷嚷。

突然,她尖叫着,从自己的树叶上摔了

下来。

艾丽、茉莉和莎莫赶紧爬到床上，把翠西从帷帐里解救出来。艾丽用灵巧的双手把缠在翠西花朵帽上的帷帐解开，茉莉和莎莫帮助翠西把她的手和脚从网眼里扯了出来。

"好啦！"艾丽终于解开了最后一个结。

"哎哟！"翠西叹了一口气，跳回到自己的树叶上，在空中飞快地绕了个圈，她把身上的裙子拉直，把花朵帽扶正，遮住乱糟糟的金发。"你们好，小姑娘们！"她开心地打了个招呼，飞到每个人面前，亲了亲她们的鼻尖。最后，她停在茉莉的床头柜边，说："很高兴又见到你们啦。你们知道下一道雷电藏在哪里了吗？"

"我们觉得，应该是藏在一个叫云朵岛的地方。"莎莫说，她大声地把谜语念给翠西听。

翠西听完，点点头："那就不要再浪费时间啦！我们必须马上去秘密王国。"

女孩们都兴奋地你看看我，我看看你。她们又要开始一次魔法历险啦！而且，这一次历险还是在一个半空中的小岛上！

在云上

女孩们相互看来看去时，翠西用戒指敲敲魔法盒，念起了咒语：

坏坏的女王，大大的阴谋。
勇敢的助手，快飞去拯救。

这句话出现在魔法盒盖的镜子里，又从镜子里飞出来，飞到空中，变成闪闪发亮的

火花，散开，再合起来，形成一道五颜六色
的彩光，在三个女孩的头顶不停地旋转，最
后终于变成一股旋风，把女孩们卷了起来。
一转眼，艾丽、莎莫和茉莉就掉到了一个最
有弹性、最最柔软的地方！

　　莎莫惊讶地看着四周。她感觉这里就像
一张巨大的跳跳床，但她放眼望去，到处都
是白花花的一片。她犹豫着，伸出手，摸了

摸周围软绵绵的东西，她笑了，她明白了——她正站在一片云朵上呢！

莎莫开心地跳起来。她越跳越高，她看到脚下全是一片片云朵，像一块块巨大的踏脚石。云朵的下面，还能看见蓝蓝的大海和海上半月形的秘密王国！

就在这时，从她下面的云朵，传来一个声音，莎莫低头望去。原来是茉莉，她也在兴奋地蹦蹦跳跳，头上的皇冠都快掉下去了。

"哎哟！"茉莉笑着，赶紧一把按住皇冠，"这个可不能弄丢。"

"那是当然！"莎莫表示赞同。

三个女孩每次来到秘密王国的时候，这

些漂亮的皇冠都会神奇地出现在她们头顶上，它们是在告诉王国里的每个人，茉莉、莎莫和艾丽是快乐国王非常重要的朋友！

莎莫紧紧地按着自己头上的皇冠，到处寻找艾丽的身影。很快，她就发现，在茉莉下面的一片云朵上，有一个红头发的人影。正是艾丽，她一动不动地躺在云朵上，双手还拼命地抓着那片云！

"天哪！"莎莫大声喊道，"艾丽最怕高了，我们现在都在这么高的地方，要怎么去她那片云呢？"

"那还用问，当然是跳过去啦！"茉莉回答。她勇敢地跳到了旁边的一片云上，又直接往下跳到了艾丽的那片云上。

　　莎莫深吸一口气，也跟着跳了出去。她落到了艾丽那片软绵绵的云朵上，正好掉在艾丽身边。

云朵抖了一下，把艾丽吓得大叫："为什么我们每次来秘密王国，都落在半空中？"

"别担心！"翠西飞到她们身边，"你们不会掉下去的。这些云朵就跟跳跳床一样，你们从一片云跳到另一片云，是怎么也不会掉下去的。你们只要轻轻一跳，它们就会把你弹到旁边的云上去。它们都非常有弹性，真的就和跳跳床一样！"

"真是太神奇啦！"茉莉高高地跳起来，在空中翻了个筋斗，"快来呀，艾丽。你也来跳一下嘛！"

莎莫帮着艾丽站起来，然后，又和茉莉一起，牵着她的手，带着她跳。很快，艾丽也开心地玩了起来，几乎都快忘了她们正在高高的半空中!

"云朵岛在那下面。"翠西指着她们下方远远的一片云说。

三个女孩都朝那个方向望去。云朵岛比周围其他的跳跳云都大多了。看上去差不多

有整个蜜糖村那么大，在云朵岛上，还有很多有趣的小房子。

"看谁先到那里！"茉莉大喊一声，还没等大家拦住她，她就已经跳到了另外一片云上。

"你别害怕，这很容易的！"茉莉跳完，回过头对艾丽喊了一句，艾丽则担心地看着她。

"我来牵你的手。"莎莫安慰艾丽道。艾丽闭上眼睛，紧紧地抓着莎莫的手。她们同时跳起来，跳到了下面的一片云上。这确实很容易，也很好玩！

她们从一片云朵，跳到另一片云朵，一路上看到不少鸟儿，鸟儿们也带着惊讶的表情看着她们。所有的鸟儿都叼着一个信封，在云朵间来回穿行。

"这些都是信鸽，"翠西解释说，"它们把信件从秘密王国带到这上面来。"

很快，她们就离云朵岛越来越近了。

"喂，快看那片花！"茉莉大喊。在云朵岛的一边，正盛开着一大片浅黄色、毛茸茸的小花！

"它们看上去好像蒲公英……不，不像，像一个个棉花球！"艾丽大声说。

"跟毛茸茸的小黄鸭一个颜色!"莎莫咯咯地笑了。

"那些叫茸茸花,"翠西对莎莫说,"它们是小精灵种来做云的。不过,也是我们跳过去落地的好地方。"她说完,自己先飞进了花丛中,把毛茸茸的花瓣弄得到处都是!

茉莉、艾丽和莎莫笑了,她们相互看了看。

"三!"茉莉开始倒计时。

"二!"莎莫继续数。

"一!"艾丽尖叫一声。

"跳!"她们齐声大喊,手牵着手,从最后一片云上,跳到了云朵岛!

女孩们躺在茸茸花中,过了好一会儿,

才缓过气来。"这比写作业好玩多啦！"艾丽笑着，把一朵茸茸花插到茉莉的头发上。茉莉也笑着，随手抓来一些滑溜溜的东西，朝艾丽扔过去。

"别忘了邪恶女王的雷电，"莎莫提醒她们，"我们必须趁着它还没给云朵岛造成破坏，赶紧找到它。"

女孩们的心情突然都变得沉重了，她们拍掉身上的茸毛，走出花丛。在她们前面，是一排有趣的小房子，还有一间大工厂，一根高高的烟囱，正往外冒着漂亮的白云。

"茸茸花在云朵工厂的大炉子里烤过之后，会变得越来越轻，比空气还轻，"翠西解释道，"然后，它们就会从烟囱里飘出来，

28

变成云。"她指着刚从烟囱里冒出来的一片

云说:"你们看,那一片才刚刚出炉呢。"

艾丽、莎莫和茉莉惊奇地看着一片软绵

绵的云朵从烟囱里挤出来，飞向空中。

　　"我还从来没见过这么神奇的事呢!"茉莉感叹道。

　　她的话音刚落，一阵响亮的笑声传来。女孩们转过头来，看到好多小怪物，他们正站在小小的乌云上，从云朵工厂里飞出来。他们都有尖尖的头发、树枝一样的手指和小小的脸蛋。

　　"哎呀，不会吧，"艾丽大喊，"是暴雨妖怪呀！"

彩虹池边的大麻烦

　　三个女孩看到从云朵工厂飞出来的暴雨妖怪，都吓得打了个冷战。他们可是邪恶女王的帮凶，他们走到哪里就把麻烦带到哪里！

　　"他们一定是来捣乱的。"茉莉小声说。

　　"我们该怎么办呢？"莎莫问，她的脸都白了。

　　"你们快滚蛋！"艾丽大声喊，但暴雨妖

怪们只是冷笑着，在她头顶上盘旋。

"看呀，是这些臭烘烘的人类女孩。"一个暴雨妖怪伸出尖尖的手指，指着三个女孩说。

"就是我们，我们一定会阻止你们的阴谋的！"艾丽双手叉腰，大声说。

"这一次你们没戏啰，"又有一个暴雨妖怪笑着说，"我们把这道雷电藏得很隐蔽，你们永远都找不到啦!"

　　暴雨妖怪们冷笑着, 朝三个女孩冲过来。艾丽躲开了, 可莎莫和茉莉动作不够快。一个暴雨妖怪推了茉莉一把, 她砰的一声摔倒在地上。另一个暴雨妖怪抓住莎莫的皇冠, 想把皇冠从她头上抢走。

　　"哎哟!" 莎莫大喊, 赶快抓住皇冠, 不让暴雨妖怪抢走。

　　"放开她!" 从她们身后, 传来一声大吼。一

个瘦瘦小小的姑娘正跑过来，朝暴雨妖怪挥舞着手臂。暴雨妖怪松开莎莫的皇冠，飞到其他暴雨妖怪旁边。

"那就先再见啦！"他露出邪恶的笑容，和其他暴雨妖怪一起飞走了。

"你没事吧?"小姑娘一边问，一边把莎莫扶起来。她脸上露着笑容，是那么漂亮，她身上还穿着一件围裙，围裙上全是毛茸茸的小花。"暴雨妖怪太讨厌了，总是来偷我们的棉花糖。"

"是你呀，你好！"翠西飞到三个女孩身边，开心地跟这位小姑娘打着招呼。"她叫洛洛，"翠西对艾丽、莎莫和茉莉说，"她是一个天气小精灵。所有的天气小精灵都住在云朵岛上，他们负责管理秘密王国的天气。"翠西又转过身，对洛洛说："她们是艾丽、莎莫和茉莉。"她接着说道："她们是从'另一个王国'来的人类，是我们的朋友。"

"谢谢你帮我把暴雨妖怪赶走。"莎莫给了洛洛一个拥抱，她们俩差不多高。

"不用谢，"洛洛说，"很高兴认识你们。秘密王国里的每个人都在说，是你们拯救了快乐国王的生日宴会和金色游戏。"她看着三个女孩，脸上却露出担忧的表情："但是，刚刚那些暴雨妖怪是怎么说的？他们说，有一道雷电就藏在云朵岛，是不是真的呀？"

"我们觉得，可能是真的。"茉莉说。

洛洛的大眼睛里立刻涌出了泪水。

"别担心,"莎莫安慰她,"我们会打破那恶女王的诅咒,保护云朵岛的安全的。不过,我们必须先找到那道雷电——暴雨妖怪们说它被藏得很好。"

"没关系,云朵岛的每一个角落,我都很熟悉,"洛洛对她们说,"我带着你们去找,一定能找到!"

洛洛首先把女孩们带进了云朵工厂。厂房里有一个巨大的火炉,大得都快把整间厂房塞满了,一群群天气小精灵正挥舞着铲子,把茸茸花铲进火炉。

"那是烟囱,做好以后的云朵就从那里飘出去。"洛洛指着从炉子里伸出的大烟囱说。

女孩们找遍工厂，也没有发现雷电的任何影子。

"至少，我们现在知道暴雨妖怪在搞什么鬼了，"洛洛提起一个空空的篮子，说，"他们把大家当午餐的棉花糖全吃光了！"

天气小精灵们都很气愤，洛洛安慰他们道："我们再去帮你们摘棉花糖来，反正我们也要去花田里找雷电的。"

洛洛领着翠西、莎莫、艾丽和茉莉，又来到了茸茸花田和棉花糖地。在田野里，一只只云朵做成的白色小兔子跳来跳去，吃着茸茸花的叶子，三个女孩都觉得好玩极了。

"它们好可爱呀！"莎莫叫着，抱起了一

只小兔子，轻轻地抚摸着它软软的毛。它看
上去就和真正的小白兔一模一样，但比真的
小白兔更软，茸毛更多，而且，它轻得就像
一片羽毛。小兔子抬起巧克力色的眼睛，看

着莎莫，它粉红色的小鼻子不停地翕动着。莎莫认真想了想，说："在我们'另一个王国'里，也应该有这种兔子吧。它们有云朵一样的尾巴。"

"哎呀，是棉花糖！"茉莉大叫了一声，"看上去好好吃呀！"在她们面前的一大片草地上，到处都长着浅粉色的棉花糖灌木丛。

"那你就尝尝呗！"洛洛笑着说，"反正我们也要摘一些，给云朵工厂的小精灵送去当午饭的。这可真是多亏了那帮暴雨妖怪。"

茉莉弯下腰，摘了一把。"我最喜欢吃棉花糖啦！"她兴奋地把棉花糖塞进了自己的嘴巴里。糖是那么软，在她舌头上就已经融化了。"这真是我吃过的最最好吃的棉花糖!"她说。

女孩们边吃边摘，把摘下的棉花糖都放进篮子。很快，篮子就装满了，艾丽的肚子也装满了！

"我觉得我吃太多了！"艾丽哼哼着，把手里剩下的糖喂给了莎莫的小兔子。

"我想给这只小兔子起名叫糖糖！"莎莫笑着说。三个女孩提着篮子，朝云朵工厂走去，糖糖一路蹦蹦跳跳，跟

在她们后面。当她们走进工厂时，它吸了吸鼻子，好像是在说再见，然后就朝旁边的田野跳走了。

天气小精灵是负责管理秘密王国的各种天气的，所以，除了云朵工厂之外，还有雨滴工厂、阳光工厂、大雾工厂和大雪工厂。

洛洛领着艾丽、茉莉、莎莫和翠西走进了生产雨滴的车间，在这里，小精灵用筛子筛水，制造出大小刚刚好的完美雨滴。在屋顶长长的晾衣绳上，还晾着一片片小乌云。

"我们把旧的乌云晾干，再循环利用，把它们重新做成软绵绵的云朵。"洛洛解释说。

晾在头顶的乌云不断地滴着水，滴到了

小精灵和女孩们的头上。翠西、艾丽、莎莫和茉莉全身都湿透了，但幸好，水滴都是暖暖的。

"在我们那儿，室内一般都是不下雨的！"艾丽开着玩笑说。

翠西笑了："可在秘密王国，一切都是

有可能的!"

"我知道你们会喜欢什么了,"洛洛对女孩们说,"它和水有关——但不会这么湿!"

洛洛带着她们又离开了雨滴车间,走到地上的几个大圆旁边。女孩们都惊讶得倒吸了一口凉气——每个大圆都是一个漂亮的彩色池塘!

"哇!"艾丽盯着缤纷的颜色,感叹道,"我还从来没见过这么美的颜色!"

"这些是彩虹池!"洛洛介绍道,"我们用它们来制造天空中的彩虹。"

艾丽还是惊讶地盯着池中魔幻般的颜色。"我的画要是有这么漂亮的颜色,就好啦!"她激动地说。

　　女孩们到处逛着、看着。莎莫都不知道自己最喜欢的池子是哪一个了！有红宝石一样的红色池塘，有耀眼的银色和蓝色池塘，还有各种深浅不同的粉色池塘。所有的池塘都是那么美——除了一个，那一个池塘是紫色的，里面全是灰色的斑斑点点。"真可惜，这个池塘里有脏东西了。"莎莫觉得有些难过。

洛洛冲过来，看了一眼。"这里面是有什么东西！"她大叫一声，把手伸进池水，拔出了一个小小的紫色水塞。咕嘟一声响，

池子里的水开始打转，然后消失在排水管里。

池水流完了，女孩们看见一个黑色的、锯齿一样的东西就卡在池底。

正是邪恶女王的雷电！

云 震

"别担心，我们会想出个办法，打破邪恶女王的雷电的。"茉莉伸出手搂着洛洛安慰道，洛洛则伤心地看着彩虹池。

茉莉刚一说完，她们脚下的云朵就开始猛烈地抖动起来！云层中出现了一条巨大的裂缝，就在紫色池塘的前方。裂缝越来越大，艾丽、莎莫和茉莉都害怕极了。

翠西乘着树叶，飞到空中，观察着裂缝

云朵岛

两边的情况。裂缝穿过棉花糖地，穿过彩虹池，一直延伸到阳光工厂。"整个云朵岛都被分开啦！"翠西大声喊道。

"哎呀！"云朵又晃动了一下，艾丽尖叫一声，抓住茉莉和莎莫的手，茉莉和莎莫也把手紧紧地牵起来，她们面前的裂缝越来越宽。现在，她们已经能从裂缝中看到远处的秘密王国了。

"这个岛要裂成两半啦！"翠西在她们头顶大喊。

"我的天哪！"洛洛倒吸了一口凉气，"我还从来没见过这么厉害的云震呢！"

又是一次剧烈的晃动，裂缝终于把云朵岛一分为二。小岛的两半飘在空中，越离越远！大家都陷入了恐惧之中。

女孩们惊恐地四处张望。在她们这一半岛上，有茸茸花田，有雨滴工厂，在另外一半岛上，有洛洛和小精灵们，还有云朵工厂和彩虹池。现在，裂缝已经很宽，不可能跳过去了，而被分开的这两半小岛正飘得越来越远。

　　莎莫突然看到，在对面那半小岛上，她的小白兔糖糖竟然坐在云边，难过地耷拉着耳朵，看着莎莫这边的茸茸花田，它的小伙伴们都紧张得在花田里跳来跳去，只有它被留在了那边。"它可千万不要往这边跳呀！"莎莫有点儿担心了。"洛洛！你能不能看好糖糖？"她朝对面云朵上的洛洛大喊。

"没问题!"洛洛也大声回答。她一把抱起小白兔,把它放进了自己围裙上的口袋里。

"别担心,"翠西飞到女孩们身边,"我来施展魔法,把云朵岛合起来。"

翠西飞到裂缝上空,敲了敲戒指,念道:

魔法呀魔法,我的愿望很简单,

让云朵岛合在一起吧。

戒指里冒出紫色的亮光,照进两半小岛之间的空隙里。但什么都没有发生。

"翠西的咒语也不起作用了,一定都是因为邪恶女王的雷电。"艾丽难过地说。

天气小精灵们看到翠西失败,开始疯狂

地到处乱跑。

"我们该怎么办?"一个小精灵尖叫着问,"如果茸茸花田在一片云上,云朵工厂又在另一片云上,那我们就没法制造新的云朵了呀!"

"如果没有云,那就没有雨了,没有雨,那秘密王国里所有的花草树木就都会死了呀!"另一个小精灵哭了。

"请大家不要担心!"莎莫大声说,"这一切都是因为邪恶女王的雷电。但我们一定会找出办法破解它,把两半小岛合在一起的。"

"是的,我们一定能想出办法,"艾丽也许下承诺,"我们绝对不会让邪恶女王得逞。"

"但我们到底该怎么办呢?"茉莉悄悄地说了一句。

就在这时,一只信鸽朝三个女孩飞来,它嘴里叼着一个信封。

信鸽飞过两半小岛之间的空隙,飞到翠西身边。翠西接过信,把它打开。信上竟然是快乐国王的头像,那头像居然还在动!三个女孩都吓了一跳。

"这应该就跟魔法地图一样吧!"艾丽小声地说。

快乐国王看上去忧心忡忡,比他平时的模样更加邋遢。他白色鬈发上的皇冠好像随时都会掉下来,半月形的眼镜歪架在鼻子上。

"翠西,你那上面一切都还好吗?"快乐国王问,他的声音又细又尖,"我们刚刚听到了一次很大的云震!"

"陛下,我们觉得,这次云震应该是邪恶女王的雷电引起的,"翠西悲伤地对快乐国王说,"云震把云朵岛分成两半了!"

"啊,天哪,天哪!"快乐国王惊慌起来,"我马上到上面去,看有没有能帮忙的地方。我可以用我刚刚发明的转移机。"

翠西皱起眉头。"但是，陛下——"她才开口，可是已经太迟了。她话都还没说完，快乐国王的脸就已经从信纸上消失了。

"唉，不会吧，"翠西叹了一口气，"怎么就是不让我用魔法帮他转移呢！他上周才发明了这个转移机，这部机器老是出问题。昨天，他原本打算把自己转移到浴缸里去，结果却落到了海里！"

翠西的话音刚落，一道明亮的光闪过，快乐国王出现了——他刚好落在云朵的边缘！

"哎哟！"他大声地叫喊，挥动着胳臂，想保持平衡。

　　三个女孩都朝他跑去，但来不及了。快乐国王尖叫着，从边上掉了下去！

甜蜜的解决方法

"别担心，我去救他！"翠西大喊一声，敲了敲戒指。女孩们冲到云朵边，往下张望，但到处都没有看到快乐国王的身影。

"他不会出什么事了吧？"莎莫着急地问。

一个熟悉的声音从她们头顶传来。"哦，我的天哪！"

大家抬起头，发现快乐国王正抓着一大

团五颜六色的气球，飘浮在她们头顶上！

"快乐国王！"女孩们都松了一口气。

"快乐国王，松开气球！"翠西大声喊。

她立马又补充了一句："一次松一个！"但太

迟了。快乐国王同时松开了所有的气球，砰

云朵岛

的一声巨响，他掉到了云朵上，屁股着地，整片云都猛地抖了一下。

"云震又来啦！"一个小精灵害怕得直嚷嚷。

"嘘，别叫啦，那只是快乐国王而已。"另一个小精灵说。

"谢天谢地，谢谢你，翠西！"快乐国王说。女孩们赶紧跑过去，扶他站起来。"要是没有你，我真不知道该怎么办啦！"

等快乐国王缓过气，茉莉向他解释了所

发生的一切。

"这太可怕了，太可怕了呀，"快乐国王说，"邪恶女王怎么能做出这样的事？我们必须阻止她！"

莎莫陷入了沉思，她用手指绕着自己长长的金色马尾辫。"在独角兽山谷，当我们解决了雷电带来的问题之后，雷电就变成了碎片。"她喃喃自语。

"所以，如果我们能把小岛重新合在一起，也许就能打破邪恶女王的诅咒了！"茉莉也同意莎莫的意见。

快乐国王摘下头上的皇冠，挠了挠头。他看着两半小岛之间的巨大空隙，好像不敢相信自己的眼睛。"但我们要怎么把它们合到一起呢?"他自言自语,"能缝到一起吗? 不,不行。能用胶水粘到一起吗……"

"对啦!"莎莫大喊一声,"我们可以用云朵工厂里新生产出来的云,把小岛粘在一起!"

"洛洛,"莎莫朝对面的那半小岛大声喊道,"我们能用新造出来的云把小岛粘在一起吗?"

洛洛悲伤地摇摇头。"裂缝太大了,我们来不及生产那么多云呀。"她回答道。

"如果能在云生产出来之前,先用点儿别的什么东西把小岛粘在一起就好了。"茉莉叹了一口气。

"说不定可以哦。"艾丽又开动了脑筋。

"我想到啦!"她眼睛一亮,说,"我们可以用棉花糖先把小岛粘着。反正棉花糖又轻又软,就和云朵一样!"

"而且棉花糖还很黏!"莎莫说。

"这个主意好极啦!"茉莉也表示同意。

"翠西,你觉得能行吗?"莎莫问翠西,"用棉花糖能把小岛粘起来吗?"

"应该可以,我们先用棉花糖试一试,等天气小精灵生产出足够多的云以后,再用云来粘,"翠西回答道,"而且,我还可以下一个咒语,让棉花糖变得更黏。可是,我们要怎么把另一半小岛拉到这边来呢,这我就真不知道了。反正我用我的魔法是不行的。"

"一定有办法……"茉莉说。

艾丽四处观察，想找到一点儿灵感。她的目光落到了送信的小鸽子身上，鸽子送完信，就一直停在莎莫身边。"信鸽!"艾丽突然大叫一声。"它们可以同时扇动翅膀，把另一半小岛吹到我们这边来!"但她又叹了

一口气，说，"如果我们能和它们说话，把我们的想法告诉它们，就好了！"

一道光闪过，魔法盒出现在她们面前。

"对啦！"莎莫大声说，"我们可以用独角兽送的小银角来和它们说话呀！"她拿起独角兽给她们的小银角，开心地笑了。这只小银角很小很小——只有她的小拇指大，但能赋予她们强大的力量。当她们握着它的时候，就能够和秘密王国里所有的动物说话！以前，莎莫经常希望能听懂动物们的话，而现在，她终于有这样的机会了。她拿着小银角，激动地朝小鸽子走去。她开口说："能不能请你帮一下我们呢？"

艾丽和茉莉惊讶地相互看了一眼——在

她们听起来，莎莫刚刚的那句话，就像是鸽子在咕咕叫！

莎莫听到鸽子惊讶地回答："当然可以啊，只要我能帮上忙。怎么回事？"

"它听懂我的话啦！"莎莫开心地说，"我也能和它说话啦！"

"云震把云朵岛分成了两半，"她对鸽子说，"我们希望，你和你的朋友们能帮助我们把两半小岛重新合到一起。"

鸽子看着对面的另一半小岛。"你们希望我们怎么做呢？"它问。

"你能不能把你所有的朋友都召集起来，让它们同时扇动翅膀，形成一股风？"莎莫问鸽子，"这样，应该就能把另外那半小岛吹过来，然后，我们再把它们粘到一起。"

"那得需要一股强风才行，"鸽子一边回答，一边飞到空中，"我去把大家都叫来。"

"它去叫其他的鸽子啦！"莎莫对艾丽和茉莉说。

"谢谢你！"艾丽和茉莉大声喊着，莎莫咕咕地叫着，鸽子越飞越远了。

"这个办法说不定真的能行，"茉莉兴奋地说，"我们赶紧去告诉洛洛！"她们匆匆忙忙地跑到云朵边。另一半小岛已经离得很远了，但女孩们还是大声喊着，把计划告诉了洛洛，洛洛听到了。

"你们好聪明呀！"洛洛也大声喊，"那我们就马上开始造云，而且，我会派这边的小精灵多摘些棉花糖来。"

"那我就负责监督这边的小精灵摘棉花糖!"快乐国王说,"我最爱吃棉花糖啦!呃……呃……我是说,我最爱摘棉花糖啦!"

翠西笑着悄悄地说:"他摘的棉花糖大

概还不够他自己吃的呢!"

三个女孩、快乐国王和天气小精灵们都在棉花糖地里忙开了,他们摘下一捧又一捧粉红色的棉花糖,堆在裂缝边。虽然快乐国王和茉莉在摘的过程中,忍不住吃了不少,但最后大家摘的棉花糖还是足够了。

翠西飞到棉花糖堆上,念了个咒语,让棉花糖变得更黏,接着,她又飞到另一半小岛,对着那边的棉花糖堆,念了同样的咒语。大家蹲下来,开始把棉花糖沿着裂缝的边缘铺开。

"真可惜,这些棉花糖不是白色的,"茉莉说,"希望这粉红色不会显得很丑。"

"没关系,"翠西提醒她,"这只是暂时

的。我们先这样粘着，等到天气小精灵生产出足够多的云，就可以用真正的云了。"

"而当我们破解了邪恶女王的雷电之后，一切就都会恢复原样了！"莎莫开心地说。

不一会儿，她们这边的裂缝上已经铺满了黏糊糊的粉红色棉花糖。

"大功告成啦！"艾丽大喊。

"时间刚刚好！"茉莉看到一大群鸽子正朝她们飞来，"你们快看，好多鸽子呀！"

"你们那边准备好了吗？"艾丽对着对面的小岛大喊，但洛洛他们已经离得太远，听不到她的喊话了。

翠西飞了过去，几分钟之后，她又飞了回来。"他们也准备好啦！"翠西说。

"你们好，鸽子们！"莎莫紧紧地握着小银角，咕咕地说着鸽语，"能不能请你们一起扇动翅膀，把两半小岛吹到一起呢？"

鸽子们绕着裂开的小岛，开始飞快地扇

动翅膀。一阵大风吹起来，对面的小岛在慢慢地移动……

"真的有用呢！"艾丽兴奋地跳上跳下，大声喊着，"越来越近啦！"

两边岛上的天气小精灵都围成一堆，大声欢呼。

"太好啦！"他们对着鸽子喊，"加油！加油！"

鸽子们用最快的速度扇动着翅膀。

"哎呀！马上就好啦！"快乐国王也在喊。

大家都在呐喊助威，在鸽子们的努力下，两半小岛终于越来越近，越来越近了。

就在小岛马上就要合到一起的时候，突然有什么东西从高空中冲下来。四个尖头发的暴雨妖怪挥动着蝙蝠一样的翅膀，冲进裂缝中，他们尖利的叫声和冷笑打断了大家的欢呼。

“啊哈哈！”一个暴雨妖怪喊道，“我们暴雨妖怪来啦！你们都别想有好日子过啦！”

又是暴雨妖怪

暴雨妖怪们站在乌云上，在裂缝之间盘旋，发出令人讨厌的冷笑声。

"哎呀，不会吧！"艾丽大叫，"他们又来捣乱了。"

"真是太讨厌了！"莎莫唉声叹气地说。

暴雨妖怪们呼呼啦啦地挥动着蝙蝠一样的翅膀，扇起的一阵大风差点儿把女孩们吹倒了。

"他们想把快要合起来的两半小岛又弄分开！"艾丽喊道。

鸽子们也更加努力，对抗着暴雨妖怪们扇起的大风，还有些鸽子差点儿被大风刮走，只能躲到云朵上。

"我们必须得想个办法。"茉莉看着两半小岛之间的蓝天说。

"我有个主意。"莎莫突然说了一句。她冲到生产雨滴的厂房,从一大堆棉花糖上抱起了一捧。"真香呀!"她大声喊,"这个棉花糖看起来好好吃呀!艾丽,你要不要吃一点儿?"

"我们哪有时间……"艾丽才说了一句,就不说了,她看见莎莫朝暴雨妖怪的方向点了点头,暴雨妖怪们这时竟然都停下了扑扇的翅膀,饥饿地看着那一大堆棉花糖。

"哎哟,谢谢你,莎莫!"艾丽也配合莎莫,大声说,"嗯,嗯,这个棉花糖太好吃啦。茉莉,你也来吃一点儿吧!"

　　暴雨妖怪们已经馋得流口水了。一个暴雨妖怪扯了扯另一个暴雨妖怪的翅膀。"她们有棉花糖吃，"他脸上充满了渴望，"邪恶女王从来就没让我们吃过棉花糖！"

　　"你这个主意真不错，莎莫！"艾丽悄悄地说了一句。

　　"我的哥哥们也是一看到吃的，就什么都忘啦！"

　　"我们把这一大堆香喷喷的棉花糖就放在这里吧，我们到那边去。"莎莫朝艾丽和茉莉使了个眼色。

　　三个女孩走开了，艾丽边走边回头看了一眼。只见所有的暴雨妖怪都冲到了棉花糖堆前，正一把一把地往自己嘴里塞棉花

糖呢。

趁着暴雨妖怪们大吃特吃，莎莫抓紧时间，用小银角对着鸽群说："快点儿！重新把两半小岛合到一起去吧！"她咕咕地说着。

鸽子们盘旋着，用尽所有力气，挥动着

翅膀。慢慢地，两半小岛又开始靠拢了。

"快了快了。"茉莉小声地说。

可就在这时，暴雨妖怪们的头领转过身。"我们上当啦！"他尖叫道，"我们不能让她们把小岛合拢！"他对着其他暴雨妖怪大声喊道："如果又让这几个女孩把我们打败了，那我们就真的有大麻烦啦！邪恶女王会把我们都关进地牢的呀！"

暴雨妖怪们一听，又朝两半小岛之间的裂缝冲来，可艾丽、莎莫和茉莉的动作更快。她们抓起一把把的棉花糖，朝暴雨妖怪们扔去！

"看好啦！"艾丽大喊一声，把一团黏糊糊的棉花糖朝一个暴雨妖怪扔去。噗的一声，正好砸中他。

"哎哟！"他叫了起来。

女孩们不去理他。"谁让你们这么讨厌

的，活该！"莎莫叫着，又扔出了更多的棉花糖炮弹。

"我全身都是粉红色的啦！"一个暴雨妖怪哭着说。

"我也是！"另一个尖叫着。

他们想把对方身上的棉花糖扯掉，但却把手都粘到了一起！

三个女孩、快乐国王、翠西和天气小精灵们看着粘在一起的暴雨妖怪们，都哈哈大笑起来。他们全身粉红的样子真是好笑极了！

"快扇动翅膀！"领头的暴雨妖怪站在乌云上，对其他暴雨妖怪命令道。

暴雨妖怪们想再扇出一阵大风，把两半

小岛吹开，但他们的翅膀上全是棉花糖，都粘到了一起，根本扇不动了。

"撤！"领头的暴雨妖怪大叫一声。

暴雨妖怪们纷纷跳上乌云，朝下面的秘密王国飞去了。

"我们成功啦！"艾丽大喊。三个女孩高兴地拥抱在一起。暴雨妖怪们已被赶跑，鸽群也把两半小岛吹到了一起。最后，咣当一声，云朵岛终于又合在了一起，黏糊

糊的棉花糖把两半小岛粘得很牢。

"太好啦!"所有的小精灵都拍着手欢呼。

艾丽和茉莉挥着手,对鸽群喊:"谢谢你们!"

"太谢谢你们的帮助了。"莎莫咕咕地叫着，对她的鸽子朋友说。

"不用客气。"鸽子也咕咕地回答。说完，它张开翅膀，和其他鸽子一起飞走了。

洛洛和小精灵们跑了过来。洛洛把小白兔交给莎莫，小白兔开心地躺在莎莫怀里。

"糖糖，你没事，我真是太开心了!"莎莫一边说，一边摸着它毛茸茸的小耳朵。说完，莎莫把它放到地上，它高高兴兴地朝兔子伙伴们

跳过去。其中一只兔子也朝它跳过来，它们
凑到一起，亲热地顶着鼻子。

"是时候该把这条裂缝彻底修好了。"洛
洛坚定地说。"快！赶紧去做云，越多越
好！"她对天气小精灵说。

云朵岛

小精灵们都忙活开了，他们去田地摘下茸茸花，再把花儿送进云朵工厂。

莎莫也摘下一大捧茸茸花，就在她弯下腰，打算再摘一朵的时候，她突然看见地上掠过一个黑色的影子。她抬起头往上看，吓了一跳。

一朵乌云正朝他们飞来……乌云顶上，站着一个既熟悉又可怕的身影！

一个又高又瘦、头发乱七八糟的女人正站在乌云顶上。她披着黑色的披风，戴着尖尖的银色皇冠，手里拿着一个又长又尖的东西。

"是邪恶女王！"莎莫大叫。

大雨，大雨，别下啦！

邪恶女王的乌云从女孩们的头顶上飘过，她们赶紧从后面追了过去。乌云停在了裂缝之间的棉花糖上，倾盆大雨开始落下来。

"哎呀，不要！"莎莫倒吸了一口凉气，裂缝中慢慢地渗出了粉红色的水滴，"她是想用雨水把棉花糖都冲走！棉花糖打湿就不黏了！"

"看来，你们又找到了一道我的雷电，"邪恶女王站在乌云上大喊，"不过，这一道，你们别想破坏它！我一定会把云朵岛分开，让整个秘密王国变成干燥的沙漠的。我那没用的弟弟一定不知道该怎么办，到时候，你们都会来求我的！"

"那是不可能的！"茉莉大声回答，豆大的雨滴落到她的脸上，但她还是勇敢地看着邪恶女王，"我们绝对不会让你得逞的！"

"你这个蠢货！"邪恶女王冷笑着说，"我的法力比你们强多了。我会毁掉整个云朵岛，你们拿我没有办法！"

一声轰隆隆的响雷，一道噼里啪啦的闪电，雨下得更大了，雨水全部浇在两半小岛

之间的棉花糖上。

"我们得赶紧想个办法呀!"艾丽喊道。

在云朵岛上,大家都开始慌慌张张地跑来跑去,邪恶女王看到这样的情形,笑了。

茉莉也很绝望,她四处张望着。"我们

不能让雨水落到棉花糖上，"她说，"翠西，你能不能变出个什么东西，接住雨水呢？比如雨伞、遮雨篷之类的？"

翠西敲了敲戒指，一个水桶立马从空中

飘下来。茉莉跳起来，抓住水桶，赶紧把它放在下着雨的乌云下面。天空中又出现更多的水桶，艾丽、快乐国王、莎莫和洛洛都赶紧跑过去，把它们摆在两半小岛之间，接住雨水。很快，棉花糖上就摆满了成千上万个大小不一、颜色各异的水桶，棉花糖不再被雨淋了。雨水滴滴答答全都滴进了水桶，水桶里的水越来越多。

"我们得找个地方倒水。"莎莫指着她旁边的一个小水桶说，那水桶马上就要装满了。

艾丽站到云朵岛的边上，往下看了看，下面是一大片漂亮的鲜花，那些花儿长得又高又大，像一片森林。暴雨妖怪们都坐在一朵巨大的鲜花上，一边清理翅膀上的棉花糖，一边大声地吵着架。

"那些大花看起来需要浇水了。"艾丽说。

"那些暴雨妖怪看起来也要洗个澡了！"莎莫也笑了。

莎莫、艾丽、茉莉、快乐国王和所有的天气小精灵都开始把水桶里的水往下倒。

"你们在那下面干什么呢？"邪恶女王站在乌云边上，弯下腰朝他们看，正好看到他们在倒水桶里的水。他们倒完一桶，又赶紧跑回来，再拿一桶。但水桶飞快地接满了水，根本来不及倒！

"你们不可能永远这么倒下去的！"邪恶女王恶狠狠地喊着。她看到茉莉双手提着一个沉甸甸的大水桶，路都走不稳了，便哈哈大笑起来。

"唉，天哪，"快乐国王又拎起一个水桶，朝云朵边走去，"我的手好酸啊！"

"我们必须坚持下去，"洛洛跑到快乐国

王身边，帮他把桶里的水从云朵边缘倒下去，然后说道，"如果棉花糖再湿一点儿，那整个小岛又会分开了，邪恶女王的阴谋就得逞了呀。"

茉莉抬起头，看着邪恶女王的乌云，她突然发现了什么——那片乌云竟然在往上飘。"看呀！"她大声喊。大家也都抬起头来看，乌云真的越飘越高了。

邪恶女王伸出头。"不准吹走我的云！"她尖叫。

"不是我们干的！"茉莉对着她喊，"你乌云里的水都变成雨，落了下来，所以它现在变轻了、飘走了！"

乌云越飘越高，大雨变成毛毛细雨，毛毛细雨最后也停了。

"不要啊！"邪恶女王哭了。

"新的云朵做好啦！"云朵工厂里的小精灵大声宣布。

"快，把水桶里的水都倒空。"洛洛大声说。女孩们赶紧把水都浇到下面的鲜花森林里。茉莉手忙脚乱，一不小心，把水桶也扔了下去。

"哎哟！"她赶紧往下面看。原来，水桶正好倒扣在了一个暴雨妖怪的头上！

"谁把灯关了?"他粗声粗气地问了一句，又伸出手，到处乱摸，却正好把另一个暴雨妖怪从鲜花上推了下去，掉进了地上的一摊稀泥里。

"你这个新帽子很漂亮。"艾丽低下头对他喊道。

"至少帮你把身上的棉花糖洗干净啦！"茉莉也笑了。

水桶里的水都倒光以后，女孩们赶紧去帮助小精灵，把一桶又一桶新造出来的云朵运到裂缝边。大家把云朵铺在裂缝上，铺平，抹匀，盖住下面的棉花糖。很快，裂缝就已经看不出来了。

突然，一声巨响，好像是什么东西裂开的声音。艾丽朝紫色池塘望去，正好看见那道黑色的雷电裂成了成千上万块碎片。

"我们打破了诅咒啦！"她开心地说。

女孩们的头顶上传来一阵尖利的叫声。"不要啊！"邪恶女

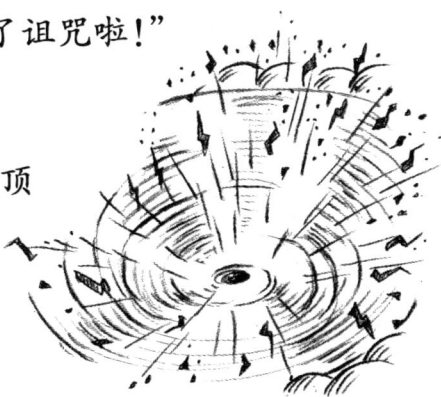

王大喊，"我漂亮的雷电啊！"

她的乌云已经飘到了很高的地方，大家几乎看不到她了，可还是能听见她恶狠狠地尖叫。"我还有三道雷电藏在秘密王国呢，你们永远都找不到的！我会让每个人都痛苦的！我会让每个小仙女都哭的！我会让每个人鱼都不开心的！我是不会被你们打败的……"

邪恶女王的声音越来越小，她和她的乌云终于飘得无影无踪了。

"她实在是太坏了！"莎莫打了个冷战，说，"她太讨厌了。你永远都不会知道她接下来会做什么，也不知道她什么时候会再出现。"

洛洛开心地笑着，走过来。"多亏了你们，云朵岛又合在一起了！"

"太好啦！"女孩们都欢呼起来。

"我想，那现在是时候我们也该回家了吧。"艾丽叹了一口气说。

"是呀，不过，你们可以再回来找我们呀，是不是？"洛洛说。所有的天气小精灵都围拢过来，跟她们告别："如果没有你们，我们肯定修不好云朵岛的。"

"我们会再回来的。"茉莉说。

"看，糖糖也在跟我们说再见呢。"莎莫说。小兔子糖糖跳到了她脚边，她把它抱起来，摸着它的小耳朵，忍不住有点儿伤心。

三个女孩都抱了抱糖糖，最后，莎莫把它递给洛洛。洛洛说："等你们回到'另一个王国'以后，就抬头看看天，当你们看到各种动物形状的云朵时，就知道是我们在想你们了。"

"我敢肯定，你们很快又会回来的，"翠西严肃地说，"我们都知道，邪恶女王一共藏了六道雷电，到目前为止，我们还只找到了三道。"

"等一下！"洛洛大声说，"你们先别

走，为了感谢你们，我们还有一份礼物要送给你们呢。"她举起一件闪闪发亮的漂亮珠宝。"这是天气水晶，"她一边说，一边把水晶递给茉莉，"它可以让你们拥有改变天气的能力，不过，时间不太长。"

茉莉把天气水晶接过来，它在阳光下，闪耀着金灿灿的光芒。

　　"集中精神，想一个你想要的天气。"洛洛说。

　　茉莉盯着天气水晶，认真想着。突然间，耀眼的阳光洒满了整片天空！

"哎呀，真好，谢谢你!"茉莉把天气水晶拿给莎莫和艾丽看。

"太谢谢你了!"艾丽对洛洛说。

"真漂亮!"莎莫笑了，她开心地在阳光下跳起了舞。

"准备好了吗? 女孩们?"翠西问。

"好了。"她们一起回答。三个人手牵手，等着翠西的旋风把她们带回家。

翠西念起魔法咒语，又敲了敲自己的戒指。银色的小星星出现在女孩们头顶，开始形成一股旋风。风力越来越大，把三个女孩都卷到空中。接着，一道光亮闪过，她们又回到了茉莉的卧室。

艾丽看看钟，还是原来的时间。当她们

在秘密王国的时候，这里的时间也就停止了。

"我们赶紧把礼物放好。"莎莫从口袋里拿出独角兽的小银角，走到魔法盒前面。盒盖上的镜子开始发光，盖子神奇地自动打开了。莎莫把小银角放进盒子的一个格子里，就在魔法地图的旁边。茉莉也拿出天气水晶，大家又看了它一眼，茉莉才小心翼翼地把它放进魔法盒。现在，三个小木格都已经放满了。茉莉想，还要经过多少神奇的历险，才能把这个盒子都装满呢？

"我们赶紧开始写作业吧。"艾丽叹了一口气说。

"对啦！"莎莫大喊一声，"我知道你的

作文该写什么了！你可以写云朵岛和天气小
精灵的故事呀！"

"没有人会相信的。"艾丽说。

"可至少，我们都知道这个故事是真的
呀！"茉莉笑着说。

艾丽也笑了，她开心地翻开作业本。她

迫不及待地想把云朵岛上的一切都写下来。而一想到她们下次再去秘密王国时，又会碰到更多有趣的事，她就更加开心了！

毛毛虫迷宫

茉莉、艾丽和莎莫需要将黏乎乎的毛毛毛虫放在跑道上，你能帮她们找到通过迷宫的路吗？当心暴雨妖怪们来捣乱哦！

莎莫·哈蒙德

个性介绍:
安静、体贴、
勤于思考

最喜欢的颜色:
黄色

爱好:
阅读和养宠物

在秘密王国里最
喜欢的地方是:
独角兽山谷。
小独角兽们太可爱啦!

家庭介绍:
莎莫有两个弟弟
和一个哥哥,
他们一家快乐地
生活在一起。